달빛 아래 잠들다

달빛 아래 잠들다

글쓴이 / 권달웅
펴낸이 / 孫貞順
펴낸곳 / 모아드림

1판 1쇄 / 2009년 9월 15일

서울 서대문구 북아현3동 1-1278
전화 / 365-8111~2
팩시밀리 / 365-8110
E-mail / morebook@morebook.co.kr
http://www.morebook.co.kr
등록번호 / 제2-2264호(1996.10.24)

ⓒ권달웅
ISBN 978-89-5664-128-7

값 7,000원

모아드림 기획시선 120

달빛 아래 잠들다

권달웅 시집

모아드림

달빛은 어느 누구에게 은은한 그리움이 될까요.

오동나무 아래 새똥이 하얗게 떨어져 있었습니다.

밤새 울다 간 그 자리 휘휘했습니다.

귀뚜라미들이 만평 달빛을 쏟아놓았습니다.

2009년 초가을
권달웅

차 례

시인의 말

제1부 미혹

미혹　13

하늘 공원　15

생존　16

유품　17

호박꽃　19

춘정　20

개개비 울음소리　21

워낭소리　22

애기똥풀꽃의 웃음　24

달빛 아래 잠들다　26

피라미들의 은빛 속도　28

동트는 강　30

도롱뇽에 대한 추억　32

생강나무 꽃　33

거머리에게　34

장그래미 아이　35

밝은 밤 37

돌의 눈 38

제2부 목련 앞에서

목련 앞에서 41

오두막집 42

자생 43

벼루 45

물안개 47

서해 낙조 49

동치미 51

근성 52

불씨 53

복사꽃잎이 휘날린다 54

저녁 이미지 55

오월의 논물 57

새들이 지저귀는 자작나무 숲 58

구름이 머무는 산 59

혹 60

제3부 처녀시집

처녀시집 63

이팝꽃 64

아버지의 지게 65

감이 익는 마을 67

슬픈 불꽃놀이 68

나비잠 — 예서에게 69

세 살 예림이 70

수종사 은행나무 72

가랑잎 경서 73

산정 호수 74

단풍 메아리 75

흐려진 물 76

일월도 77

먼 길 78

호미 79

돌의 미학 80

제4부 풍등

풍등 83

청량산 달빛 84

할아버지의 세필 85

종이의 날 86

울다 간 물떼새 87

봄 소리 89

새가 날아와 90

낙화유수 91

백련 한 송이 92

매미 93

시법 94

야성 95

친전 96

순리 97

고요한 불빛 98

제5부 겨울 양수리에 가서

겨울 양수리에 가서　101

백지 앞에서　103

낙법　104

황태　105

죽은 개　106

퍼덕거리는 가물치　107

구룡폭포　109

금강송 숲에 들어가　110

반구정 앙지대　111

실잠자리 날다　112

승부역에 내리면　113

아지랑이 속에서　114

감자꽃　115

따뜻한 꽃처럼　116

여뀌군락　117

헌신　118

■ 해설　사물들에 대한 '기억'과 '사랑'의 힘·유성호

1부 미혹

미혹

휴대폰이 터지지 않는
청량산 밑 가송리 농암 고택,
산골 깊은 밤이었다.

강물이 뒤척이는
궁구당 앞 절벽 숲에서
세 마리 새가 울었다.
두 마리는 소쩍새와 쏙독새였는데
길게 우는 한 마리 새는
아무리 귀를 기울여도
알 수 없었다.

외따로운 새일까?
적막강산을 울리며
숨어 우는 밤새소리가
휘이익 휘이익 휘이익
캄캄한 밤하늘에 하얗게 획을 긋는

별똥별처럼 지나갔다.

아무 것에도 홀리지 않고
오로지 한 올 새소리에만 홀리는
청정 산골의 밤,
솔방울만한 별이 밤새도록
내 가슴에 쏟아졌다.

하늘공원

나지막한 산이 하늘을 품었다.
저 산자락을 싸락눈처럼 뒤덮은
하얀 억새꽃,

그 산 아래 변두리 달동네
옥탑방에서 새어나오는
봉선화 손톱물 같은
불빛이 아슴푸레하다.

하얀 억새꽃이
강을 건너가는 철새울음처럼
바람에 눕는다.
저 하늘 한 구석에
먼 길을 걸어온 내가 쉴
작은 의자 하나 놓였다.

생존

콩꼬투리만한 버들붕어 한 마리,
비나리 샛강 얼음장에 갇혔네.

마음대로 파드득거리지도 못하고
홑이불 같은 아가미만 발랑거리네.
발 뻗기도 힘든 냉돌 단칸방처럼
이 엄동설한 얼어 죽지 않을
얼음집 하나 겨우 지었네.

꼼짝 못해도 살아남기 위해
얼음장 틈서리 공간에서
얇디얇은 꼬리지느러미를
미풍의 햇잎처럼 하늘거리네.

버들개지가 피고 비나리 샛강을
다시 거슬러 오를 그날을 기다리면서,

유품

새해 아침 은행에 다니는 손부가
할아버지께 세배를 올리고
하얀 봉투 하나를 드렸다.

미수에도 일하셨던 아버지는
그 해 여름 비 오는 날
아무 유언도 남기지 않으시고
홀연히 운명하셨다.

삼우제를 지내고 나서
유품 정리를 하는데
사랑방 문갑서랍에서
하얀 봉투 하나가 나왔다.

하얀 봉투 속에는
은행에서 바로 나온 빳빳한 새 돈
이십만 원이 들어 있었다.

아버지는 손부가 준 돈이
너무 사랑스럽고 소중해
한 장도 쓰지 않고 봉투 채 고스란히
신위처럼 남겨놓고 떠나셨다.

호박꽃

　호박꽃이 흔들린다. 호박꽃 속에 벌이 날아들었다. 벌은 꿀을 따면서 꽃술을 뱅뱅 돌고 쉴 새 없이 다리털에 노란 꽃가루를 묻힌다. 호박꽃과 벌은 평생 고락을 같이하는 부부 같다. 호박꽃은 수만 번 꽃을 드나드는 벌에게 한 줌 가량의 꿀을 준다. 비바람이 지나가고 벌집에 한줌 가량의 꿀이 차오를 때 호박꽃엔 둥그런 호박이 열린다. 호박꽃이 흔들린다. 벌들이 잇달아 날아들었다. 미색 없어도 호박꽃은 만삭의 여자처럼 환하게 웃는다.

춘정

봄비가 귀엣말 하고 떠난 뒤에
진달래 꽃봉오리가 터지고
촉촉이 젖은 보도블록 위로
지렁이가 빨갛게 기어나와 있다.

일에 쫓기고 시간에 쫓겨
바쁘게 서두르는 아침 출근길,
온 세상이 꽃 천지임을 모르고 뛰어가는
분홍 플레어드 스커트 아가씨,
보도블록 위로 기어나온 지렁이를 밟아
징그럽다고 소리 지르며 달아난다.

진달래 꽃봉오리처럼 물오른 그 아가씨
터질 듯한 몸을 보고
암수한몸인 지렁이가
꿈틀거리는 춘정을 이기지 못해
온몸으로 구르며 소리 지른다.

— 이 등신아, 벌써 봄이다!

개개비 울음소리

암사동 선사유적지 부근
갈대숲에서 갑자기 개개비가
시끄럽게 개개거렸다.
자기들만 살고 있는 동네로
적이 쳐들어왔다는 경계경보일까?

개개비가 우는 갈대숲에는
그 놈이 깐 네 마리 새끼가
노란 주둥이를 쳐들고 있었다.
한 떼의 강바람이 지나가자
누운 갈댓잎을 붙들고 개개비 열쭝이가
부등깃을 파드득거렸다.

개개개개개개개개
아직 날지 못하는 어린 새끼에게
적이 가까이 다가왔음을
다급히 알리는 어미 개개비 울음소리가
갈대숲을 흔들었다.

워낭소리

논밭 갈고 무거운 짐 끌고 살아온
슬픈 운명처럼 워낭이 댕그랑거린다.
너는 아버지와 함께 참 힘들게 살아왔다.
고생했다고 말을 건네니 귀를 쫑긋하는구나.

미안하다, 다리가 절룩이도록 부린 머슴아,
코뚜레까지 걸고 순종하게 하였구나.
사는 것이 다 고통이고 인종이었다고
고삐 매인 소가 운다. 워낭이 댕그랑거린다.

어쩌나, 저 선한 눈에 어리는 눈물,
너는 아버지의 멍에를 지고 일생 헉헉거리고 살았다.
슬픔을 되새김질하며 우직하게 살았다.
불쌍하다고 쓰다듬으니 눈을 껌벅이는구나.

가련하다, 죽어서야 굴레를 벗는 생아,
사는 것이 다 나락이고 죽음이었다고

말 못하는 짐승이 운다, 워낭이 댕그랑거린다.
적막강산 뻐꾸기도 개구리들도 따라와 같이 운다.

애기똥풀꽃의 웃음

꽉 막힌 추석 귀향길이었다.
참아온 뒤를 보지 못해
다급해진 나는 갓길에 차를 세우고
산골 외진 숲 속에 뛰어들었다.

벌건 엉덩이를 까내리자
숲 속에 숨었던 청개구리가 뛰어올랐다.
향기로운 풀내음 속에서
다급히 근심거리를 풀기 위해
안간힘 쓰는 소리를 듣고
풀벌레들이 울음을 뚝 그쳤다.

(쉿! 조용해! 무슨 소리가 났지?)

이 삼라만상의 갖가지 일에 부딪치면서 살다보면
더러운 일이 한두 가지가 아닌데
참으며 사람이 사람의 마음을 얻는 것처럼

참으로 힘 드는 건 똥 참는 일이다.
참으로 시원한 건 똥 싸는 일이다.

숲 속의 애기똥풀꽃이 노랗게 웃었다.

달빛 아래 잠들다

달빛 아래 어렴풋이 잠들었습니다.

잠결에 오동잎 지는 소리가 났습니다.

머츰한 그 소리 애달팠습니다.

휘황한 불빛에 숨겨진 은은한 달빛을 누가 알까요.

소란하던 내 마음이 고요해졌습니다.

고요 속에서 귀뚜라미들이 울고 있었습니다.

달빛에 젖은 그 소리 애잔했습니다.

달빛은 어느 누구에게 은은한 그리움이 될까요.

오동나무 아래 새똥이 하얗게 떨어져 있었습니다.

밤새 울다 간 그 자리 휘휘했습니다.

귀뚜라미들이 만평 달빛을 쏟아놓았습니다

피라미들의 은빛 속도

청운사 골짜기 옥 같은 물에
단풍 쓴 산이 내려와 앉았다.
지나간 시간들이 때 묻지 않고
투명하게 떠 있다.

단풍잎을 톡톡 건드리고
은빛 피라미들이 지나간다.
물속 맑은 모래 위로
그만한 그림자가 같이 지나간다.

어디서 알고 날아왔는지
청홍색 댕기 늘인 왜가리 한 마리
일순간 빗살처럼 몰리는 피라미들을 보고
목을 갸우뚱 한다.

피라미들의 은빛 속도를 따라
단풍 쓴 맑은 산이

일시에 움찔한다.

청운사 세심교를 건너가던 사람 몇이
그 피라미들의 순간 속도를
잽싸게 낚아채고 있다.

동트는 강

비오리 새끼가 지나간
어두운 새벽 강에는
잉어가 뛰고 있었다.

비나리 강변 나무들의 귀는
모두 동트는 쪽을 향해
구부러져 있었다.

날이 훤하게 밝아오는
강 건너 상류 쪽에서
잉어 뛰는 소리가
철썩 하고 났다.

외마디 기침소리도 났다.

고요 속에서 그 소리가
파문을 일으키며

거미줄에 걸린 나비처럼
하늘거렸다.

도롱뇽에 대한 추억

초등학교 1학년 때였다. 나는 교실에서 친구가 사온 새 연필을 훔쳤다. 학교 수업이 다 끝날 때까지 나는 친구에게 들킬까봐 마음이 조마조마했다. 책보를 둘러메고 집으로 돌아오는 길에 그 연필이 필통 속에서 자꾸 딸각거렸다. 친구가 알고 뒤따라오는 것 같았다. 풀숲에서 갑자기 푸두둑 날아오르는 꿩 울음소리에도 소스라치게 놀랐다.

나는 시오리 산길 혼자 걸어오다가 모심기 한 논 물꼬에서 미꾸라지를 잡았다. 죽을까봐 고무신에 담아들고 집까지 맨발로 뛰어왔다. 미꾸라지를 세숫대야 물에 넣어 두었다. 다음 날 아침 일찍 일어나 살았는지 들여다보았다. 배때기 옆에 다리가 두개 삐져나와 있었다. 유달리 튀어나온 두 눈알이 내 마음 속까지 빤히 들여다보는 듯했다. 온몸에 오싹 소름이 돋아났다. 나는 괴물 같은 그놈이 너무 무서워 그만 집 앞 도랑물에 넣어주었다.

생강나무 꽃

소풍 나온 유치원생처럼
산골짝 생강나무가
노란 웃음꽃을 피운다.

시새우는 꽃샘바람이
생강나무 한 가지를 꺾어
생강냄새를 뿌려놓는다.

봄눈 녹아 흐르는 산골짝은
온통 병아리 소리들이다.
먼저 피었던 생강나무 꽃이
유성처럼 떨어진다.

산골짝 물소리가 잡아끄는 대로
생강나무 자잘한 꽃이
우주여행을 떠난다.

거머리에게

논물에서 꼬부랑거렸다. 모심기 할 때면 어느새 종아리에 두세 마리씩 달라붙었다. 사람의 피를 새까맣도록 빨아먹던 그 놈은 손바닥으로 몇 번을 쳐도 떨어지지 않았다.

그 놈은 싸움을 해서 화장실 청소하고 늦게 돌아오는 내 속상한 마음속에서도 꼬부랑거렸다. 그 놈은 곱사였던 내 초등학교 동창 종후의 유일한 친구였다. 등이 꼬부라져 늘 외톨이로 냇가에서 놀던 그에게 가까이 다가가 꼬부랑거리던 그 놈.

그 놈이 아주 사라져버린 논물에서 오늘은 내가 거머리처럼 꼬불랑거리는 사시나무 한 잎을 잡아당겨보고 있다.

장그래미 아이

닭울음소리 들려오는 가을 시골길에서였다. 차가 관창을 떠나 폐교된 봉양분교 앞을 지날 무렵 신주머니를 든 초등학생이 버스를 기다리고 있었다. 2학년 쯤 되었을까? 아내가 차를 멈추고 아이를 태웠다.

(어디까지 가니? 장그래미 가요.)

감자상자를 뒷자리에 실어 운전석 옆자리에 앉은 내가 아이를 안았다. 아이는 장그래미에 이를 때까지 불안한지 나를 자꾸 힐끔힐끔 쳐다보았다. 산 밑 외딴 폐가 한 채가 다가왔다. 차창으로 허리가 휘어져 모걸음질하는 노인이 지나갔다. 어디서 농약냄새가 확 날아들었다. 병들어 버짐처럼 허옇게 마른 고추밭이 지나갔다.

(애야, 걱정하지 마.)

콩닥콩닥 뛰는 아이의 심장이 아이를 안고 있는 나의 가슴으로 전해왔다. 아이의 껌벅이는 눈동자 속으로 코스모스가 줄지어 지나갔다.

땅, 땅, 땅, 화약총 터지는 초등학교 가을 운동회 100미터 달리기 출발선상에 내가 서 있었다. 마침내 차가 장그래미에 이르렀다.

　(고맙습니다. 그래 잘 가.)

　아이를 내려놓은 차 안은 아이의 비릿한 땀냄새로 후
끈했다.

밝은 밤

어둠속에서 태어나
단 하루만 사는 하루살이들이
가로등 불빛 속으로 날아든다.

어둠에 길들여진 하루살이들은
휘황한 불빛을 보면
그것이 나락인지도 모르고
정신없이 뛰어든다.

어둠속에서 살아야 할 것들이
불빛을 찾아 날아들었다가
하루를 살지 못하고
맥없이 죽는다.

불빛이 점점 휘황해진 만큼
별빛은 사라져 보이지 않는다.
어둠이 짙어야할 밤이
불빛으로 너무 밝다.

돌의 눈

남한강 돌밭으로 달리는 새벽길
차바퀴가 덜컹 하였다.
백미러에 시뻘건 핏자국과
터진 내장이 드러났다.

먹을 것을 찾아
새벽길을 건너뛰던 고라니,
죽은 그 고라니가
어둠 속에서 캑캑거리며
새파랗게 불을 켜고
장호원 지나 남한강 목계
언 돌밭까지 따라왔다.

싸락눈 내린 새벽 강가,
새끼 고라니 눈빛 같은
새까만 돌덩이 하나가
싸늘히 사람을 노려보고 있었다.

2부 목련 앞에서

목련 앞에서

목련은 눈부시기만 한 꽃이 아니었다. 비 내리면 수없이 떨어진 목련꽃이 물받이 함석홈통을 가득 메웠다. 목련은 귀찮은 존재였다. 나는 지붕 위까지 올라간 목련나무를 아주 베어버렸다. 그래도 목련 등걸에서 새싹이 자꾸 돋아났다. 싹이 돋아날 때마다 나는 싹싹 잘라 버렸다. 그래도 다른 자리에서 또 새싹이 돋아났다. 지난 여름 내가 한 서너 달 가량 집을 비웠다가 돌아와 보니 싹은 이미 굵은 나무가 되어 있었다. 목련은 내가 없는 사이 베어낼 수 없을 만큼 단단하게 자리를 잡고 있었다. 나는 악착같이 가지를 뻗고 지붕 위로 올라간 목련을 다시 쳐다보았다.

오두막집

손톱만한 개구리밥이
연못 위에 떼를 지어 있네.

그 개구리밥에 걸려
수백 번 허우적거리다가
겨우 빠져나온 물방개 한 마리,
죽지 않고 용하게 살아났다고
곤두박질치네.

하얀 날벌레들이
조팝꽃처럼 웃네.
알을 슬고 먹이가 있다고,
다닥다닥 붙은 개구리밥이
안락한 내 집이라고,

쪼그마한 오두막집이어도
그 속에 행복이 있다네.

자생

구름도 하룻밤 머무는
청량산 산비탈 두들 마을엔
봄여름 가으내 들꽃이 지천이다.
여기저기에 벌통이 놓여 있다.

농약을 치지 않고
농사를 짓는 이 산골에는
토종벌들이 들꽃을 찾아
붕붕거리며 날아다니고
땅강아지 두더지 사슴벌레
사마귀 자벌레 호랑나비도
향긋한 흙냄새 풀냄새를 맡고
마음 놓고 찾아든다.

모두들 도시로 떠나가고
세 집만 남은 이 두들 마을엔
해마다 대추나무에 대추가 열리고

작은 풀꽃씨앗들이 날아와
저절로 나서 자라고 꽃을 피우며
풀벌레와 어울려 살고 있다.

벼루

다 닳은 벼루에
먹 한 자루가 놓였다.

봉화군 봉양면 봉양리
깊은 산골 소나무향기처럼
묵향에 묻혀 산 할아버지,

농사보다 글을 앞세운
고지식한 할아버지는
언제나 마음을 씻고 갈듯
벼루를 씻고 먹을 갈았다.

곰방대에 맞아가며
할아버지 붓을 따라
천지현황부터 언재호야까지
외우고 쓰고 외우고 써도
다 익히지 못한 호수문,

수없이 글을 쓰고 먹을 갈아
벼루바닥이 움푹 파였다.
할아버지 손자국처럼,

물안개

밤새워 걸어왔는가.
두물머리 새벽 물안개,
모든 깨어난 것들이
봄 강을 따라 흐른다.

어디로 갈 것인가.
쓰러진 갈대숲에 내린
물오리들의 울음이
강을 건너가고 있다.

어떻게 살 것인가.
새벽은 모든 것을 되돌려준다지만
모든 살아 있는 것들은
아직도 허우적거리고 있다.

지척을 분간할 수 없는
두물머리 새벽 물안개,

밤새 헤맨 두 강이
하류로 흘러가고 있다.

서해 낙조

파도치는 해안이
침몰된 유조선 기름으로
시꺼멓게 덮였다.

다시 살아날 것인가.
밀려나와 죽은 고기떼처럼
어둠 속에 잠기는
서해 바다

파도치는 바다가
절망한 자의 가슴처럼
찢기고 있었다.

기우뚱거리는 생을 바투 잡고
돌아오는 고깃배의 뱃머리에서
타오르는 끝점 노을

바다로 지는 해가
찢긴 심장을 끌어안고
시뻘겋게 이글거렸다.

동치미

겨울이면 어머니는
새벽 샘물을 길어 와
동치미를 담갔다.

얼음 독에서
통째로 익은 무는
짜지 않고 심심해서
더욱 시원했다.
어머니 정성처럼
무에서 은은히 우러나온
동치미 국물 맛

밖은 눈보라가 쳐도
온 가족이 아랫목에 모여
동치미를 마시는
그해 겨울은 포근했다.

근성

산불에 타고 폭우에 쓰러져
낙동강 하류로 떠내려 온
느티나무뿌리 하나,

가뭄 속에서도 죽지 않으려고
돌을 물고 있었다.

나무뿌리가 돌이 되도록,
나무와 돌이 하나가 되도록,

불 속에서도 물을 끌어당긴
나무의 질긴 힘,

암흑 속에서도 죽지 않으려고
뿌리를 박고 있었다.

불씨

사랑방 윗목에 놋화로가 놓여 있다. 아궁이의 잉걸은 사그라져도 어머니가 놋화로에 담아놓은 불씨는 아직도 뜨겁게 살아 있다. 어머니는 이 화롯불로 토장을 끓이고, 인두를 달구어 아버지의 한복 두루마기 솔기를 꺾어 누르고, 동정깃을 꼿꼿하게 다림질하셨다.

(애야, 집안에 불씨가 꺼지면 안 된다.)

추운 겨울 밤 화롯불을 모아가며 바느질하시던 어머니, 어머니가 남기신 사랑의 불씨는 지금도 살아서 아들의 아들의 아들 핏줄 속에 녹아 흐르고 있다.

복사꽃잎이 휘날린다

복사꽃잎이 휘날린다.

마음 열어라. 마음 열어라.

미움도 노여움도 다 버리고
저 봄처녀들처럼 환하게 웃는
복사꽃나무 아래로 가
나비떼처럼 내려앉는 웃음소리
마음으로 받아라.

바람에 떨어진 꽃잎자리마다
초록 눈빛이 열린다.

마음 열어라. 마음 열어라.

복사꽃잎이 휘날린다.

저녁 이미지

애기흑염소 한 마리
어두워오는 산골에서
애처롭게 울었다.

외딴집 한 채 뿐이어도
저물 무렵 산골은
온통 저녁밥 연기이다.
감자 찌는 냄새가
온 산골을 덮었다.

산에서 울던 새들은
모두 보금자리로 돌아가고
고요해진 산골이
어둠 속에 묻히는데

무리에서 홀로 떨어진
애기흑염소 한 마리

안절부절 못하고
바람에 떠는 사시나무 잎처럼
애처롭게 울었다.

오월의 논물

연초록 산 그림자가
모내기하기 위해 나래질해놓은
논물에 빠져 있다.
논물은 햇빛에 반짝이고
볏모는 물결처럼 일렁인다.

산등성이 풀숲에서
장기가 울며 날아가고
알에서 나온 꺼병이들이
쏜살같이 달아난다.
연초록 산 그림자 속으로
올챙이들이 꼬불거리고 간다.

오월의 논물에서
작은 생명들이 잠방거린다.
튀어 오르는 잔물방울처럼,

새들이 지저귀는 자작나무 숲

해질녘 자작나무 숲엔
참새들이 파닥거리고
무당새도 까딱거린다.

해질녘 마을 사람들은
그 앞을 지나가다가
작은 잎의 팔랑거림을 보고
안녕 눈인사를 한다.
새끼 오소리 눈빛 같은 등불이
어두워오는 하늘에서
하나 둘 켜진다.

해질녘 자작나무 숲엔
슬픔을 슬픔인 줄 모르고
지저귀는 새들의 울음소리가
불빛 속으로 잦아든다.

구름이 머무는 산

구름이 머무는 산엔
하늘을 향해 뻗은 구상나무들이
죽은 채로 가지를 하얗게
드러내고 있었다.

정처 없는 나그네처럼
산에는 구름이 머물다 가고
이미 흘러간 날들이
다시는 돌아오지 않고 있었다.

구름이 머물다 가고
또 다른 구름이 와 머무는 산엔
스러지는 노을을 안고
덧없는 사람의 무덤이
빈 밥그릇처럼
가지런히 엎어져 있었다.

혹

아무것도 먹지 못했다. 물만 먹어도 울렁거렸다. 그 사람의 몸은 이미 먹물처럼 새까맣게 죽어 있었다. 의사는 생겨난 혹을 떼어내려 해도 늦었다고 했다. 괴로워하고 말 못하고 화 삭이고 술 마시는 사이 아무도 모르게 악성 종양은 자라나고 있었다. 태어날 때 깨끗했던 그 사람의 몸은 서서히 병들고 그 때부터 악성 종양이 보이지 않게 뿌리를 박고 있었다. 공장 폐수를 먹고 자란 자리공처럼 콩알만 했던 혹은 점점 커져 온몸에 퍼져 있었다. 그 사람의 몸은 이미 먹물처럼 새까맣게 죽어 있었다.

3부 처녀시집

처녀시집

1979년 봄이었다.
이 세상에서 시를 가장 좋아한다는
배꽃 같은 처녀 선생님에게
내가 처음으로 출간한
처녀시집을 주었다.

정성들여 이름까지 써서 준
그 시집이 며칠 지나
교무실 쓰레기통에 처박혀 있는 것을
내가 보았을 때
열일곱 오나니 했을 때처럼
얼굴이 화끈거렸다.

그 일이 있은 뒤부터
나는 지금까지 나의 시집을
아무에게나 함부로덤부로
주지 않는다.
내 시가 쓰레기가 되지 않기 위해,

이팝꽃

엄마가 일하다 잠깐 쉬는
밭두렁에 하얀 이팝꽃이
무더기로 피었다.

나는 이팝꽃잎을 땄다.
먹고 싶은 쌀밥 같은 이팝꽃은
풀냄새도 나고 흙냄새도 나고
엄마의 땀 냄새도 났다.

밭두렁에 핀 이팝꽃은
내 생일에 엄마가 일껏 지어담은
고봉의 하얀 쌀밥이다.
어서 먹거라. 어서.
어매는 배부르대이. 생각 없대이.

엄마의 땀 냄새 나는 이팝꽃이
밭두렁에 무더기로 피었다.
앞산 뻐꾸기소리도 들려오고
엄마의 수심가도 들려온다.

아버지의 지게

휘어진 산등성이에
희미한 낮달이 걸렸다.

아버지의 지게에
다 닳은 낫이 꽂혔다.

낮달도 닳은 낫도
등이 휘어졌다

푸른 산등성이도 아버지도
등이 휘어졌다.

낮달은 창백하고
아버지는 외롭다.

산등성이는 쓸쓸하고
지게는 애처롭다

모두 등이 휘어지도록
무거운 짐을 졌다.

감이 익는 마을

잎 진 감나무 가지에
감이 흐드러지게 열렸다.
초파일 간절히 기원하는
빨간 연등 같다.

모두 일하러 나가고
아무도 없는 마당에는
빨간 고추가 널리고
바지랑대 빨랫줄에는
마르는 애호박고지가
옷고름처럼 하얗게 걸렸다.

따뜻한 햇볕이 보글거리는
산골 양지 마을
빨갛게 익은 감을 싣고
기차가 지나갔다.

슬픈 불꽃놀이

밤하늘에 축포가 터지고 있었다.
승자의 기쁨에 넘치는 사람들이
야구장이 떠나갈 듯 함성을 질렀다.

그러나 그는 혼자 슬픔에 젖어 있었다.
실직하고 이혼까지 한 그는
환호하는 수많은 사람들 틈에서
혼자 패자의 절망에 빠져 있었다.

패자의 슬픔에 젖은 그의 가슴으로
승자의 기쁨을 축복하는 불꽃이
수없이 쏟아져 내리고 있었다.

어둠 속에서 불꽃이 명멸하고 있었다.

나비잠

— 예서에게

아기가 태어났다.
썰렁했던 방안이 따뜻한
웃음소리로 넘쳤다.

아기가 옹알거렸다.
온 집안이 일시에
백합향기로 가득했다.

모빌이 흔들렸다.
온 천장이 꽃을 찾는
나비떼로 팔랑거렸다.

나비가 잠을 잔다.
온 세상의 고요란 고요
평화란 평화는 모두
그 꽃에 내려앉아 있다.

세 살 예림이

너는 꽃이다.
웃는 앞니가
아침 햇살 받은
하얀 꽃잎 같다.

티 없이 고운 너는
밤송이를 보면
고슴도치야, 하고
아빠 다리털을 보면
잔디야, 하고
구멍 뚫린 돌을 보면
야옹아, 하고
어항의 금붕어를 보면
빠끔아, 하고
예쁜 꽃을 보면
아가야, 하고
꽃향기를 맡는다.

네 순수한 동심에는
항상 향기로운
들꽃이 핀다.

수종사 은행나무

가을 운악산 수종사
노란 은행나무 아래 서면
천 년의 종소리가 들립니다.

천둥 폭우 맞은 고목에서
다시 잎이 피어나고
수없는 열매 맺으면서
천 년을 울려온 종소리

눈보라 속에서도
뜨겁게 가지 뻗쳐 올린
수종사 은행나무는
불꽃 생명입니다.
모든 인간의 번뇌 불사르고
화엄의 종소리 울리는
등신불입니다.

가랑잎 경서

잎 진 나무가
보살처럼 서서
비탈에 서 있다.

가랑잎 한 장 들고,

사리를 모신 탑이
그 위에 종이
그 위에 연꽃이
그 위에 하늘이
그 위에 새가
경서를 읽고 있다.

적멸 한 줌 쥐고,

산정 호수

작은 호수가
큰 하늘을 안았네.

캄캄한 호수에 뜬
영혼 같은 별,

하늘 이불을 덮고 누운
산의 그림자,

공손한 산이마에 걸린
달의 눈썹,

내 눈동자 안에 들어온
우주의 눈빛,

작은 호수가
큰 우주를 안았네.

단풍 메아리

하늘에 닿은 저 산정까지
붉게 단풍이 타오르면
내 목소리는 메아리가 되어
산정을 따라간다.

나를 떠난 내 목소리가
뜨거운 가을 산정 불길이 되어
저 하늘 끝까지 울린다.

불길처럼 퍼져나가는
산 메아리의 파장,
산정을 울리는 내 목소리가
절정의 단풍으로 타오른다.

흐려진 물

낙동강 발원지는 황지연못이다. 황지에서 발원한 맑은 물은 낙동강 상류에서 수십만 마리의 은어를 기르다가 하류인 을숙도쯤에 내려가면 어느덧 흐려진 물이 되어버린다.

나는 낙동강 상류에서 태어났다. 두메산골에서 순박하게 자란 나는 서울로 가 대학을 마치고 도시사람이 되어 약삭빠르게 세상을 살다가 어느덧 물처럼 흐려지고 말았다.

두메산골 맑디맑던 물은 다 어디로 흘러갔는가. 그 여름 밤하늘을 데생하던 개똥벌레불은 다 어디로 날아갔는가. 지금 은어 한 마리 올라오지 않는 낙동강 상류 명호나루엔 주인 잃은 거룻배 한 척 을씨년스럽게 묶였다.

일월도

한 장의 가랑잎에 빗방울이 모였다.

한 장의 가랑잎에 벌레가 기어갔다.

한 장의 가랑잎에 달빛이 글썽였다.

한 장의 가랑잎에 가을이 지나갔다.

한 장의 가랑잎에 강물이 흘러갔다.

한 장의 가랑잎에 햇빛이 타올랐다.

한 장의 가랑잎에 사람이 떠나갔다.

먼 길

자벌레 한 마리가
상수리나무를 기어오른다.

먼 소백산 산둥허리처럼
꼬불꼬불 움직인다.

자벌레가 지나간 상수리 잎에
구멍이 퐁퐁 뚫렸다.

상수리나무 큰 키를 자로 재니
삼백 여리나 된다.

가다가 죽은 가지처럼
발딱 고개를 쳐들기도 한다.

앞산에서 우는 박새 눈에 띄면
끝난다.

호미

자루가 다 닳아 손아귀에 딱 맞는
호미는 내 어머니 손이었네.

호미를 잡고 평생 밭만 매다가
손금이 다 없어진 어머니는
날이 닳은 호미였네.

내가 아파 누웠을 때 까칠한 손으로
내 손이 약손이다. 내 손이 약손이다.
내 배를 쓰다듬어 주시던 어머니,

튀어나간 콩 한 알이 아까워서 줍고
평생 밭만 매다가 꼬부라진 어머니는
자루가 다 삭은 호미였네.

돌의 미학

군더더기 살은 다 빠지고
앙상한 뼈만 남아
댕그렁 쇳소리 내는
강골의 의지여,

모든 고통을 함묵하고
비바람을 맞으며 기다려
더욱 오묘한 형상을 뽐내는
자연의 음향이여,

흐르는 물에 단련하고
뒹구는 모래와 돌에 단련하여
더욱 단단한 몸을 드러낸
근육질의 사내여.

4부 풍등

풍등

나는 그저 눈으로만
바람 따라 떠나는 너를
바라볼 뿐이었다.

강 건너 저편으로 가면
돌아올 수 없는 길이기에
나는 눈물로 너를
눈바래기 할 뿐이었다.

등불처럼 흔들리면서
옷자락 펄럭이는 네가
보이지 않을 때까지
나는 소리쳐 불렀다.

나는 돌장승처럼 서서
바람 되어 떠나는 너를
눈물로 배웅할 뿐이었다.

청량산 달빛

휘황한 불빛도시를 떠나
청량산으로 들어가는 밤은
산 굽이굽이마다 달빛이
울창한 솔숲에서 번쩍거렸다.

명호 낙동강을 지날 때엔
달빛은 짙푸른 강물에서 번쩍거리더니
비나리 마을 지날 때엔
달빛은 고향을 지키고 선
아름드리느티나무에서 번쩍거렸다.

이윽고 청량산에 들어설 때엔
달빛은 이미 육육봉 산봉우리를 껴안고
쏟아지는 푸른 별빛에 뒹굴며
하늘 정수리에서 번쩍거렸다.

할아버지의 세필

독학으로 시문을 익힌
할아버지가
붓글씨를 쓰신다.

뾰족한 붓 끝이
댓잎처럼 누웠다가
일어선다.

농채수묵이
잘 다듬질한 한지에
물먹은 까만 돌처럼
스며들었다.

고요한 물 속 같다.

획을 삐칠 때마다
피라미새끼들이
쏜살같이 달아난다.

종이의 날

종이도 날이 서면
칼이 된다.

마음이 곤두서면
아무리 작고 얇은 것도
날이 선다.

상처받은 것을 생각하다가
손을 베었다.

날을 세우고 있던 마음이
상처를 낸 것이다.

마음속에 미움이 쌓이면
상처가 된다.

종이에 베이고 나서
아픔을 알았다.

울다 간 물떼새

갯벌에 노을이 지면
먹이를 찾아다니던 물떼새는
보금자리로 날아갑니다.

다음 날 밀물 들면
사납게 몰려오는 너울에
다시 날아올라야합니다.

하얗게 몰려왔다 몰려나가는
파도의 이랑을 따라
재빨리 쫓아다니는 물떼새는
조종걸음을 칩니다.

먹이를 찾아 이리저리
긴 다리로 갯벌을 헤매는 물떼새는
잠시도 쉴 틈이 없습니다.

썰물 빠진 갯벌에
울다 간 물떼새 발자국
가랑잎처럼 무수히 흩어져 있습니다.

봄 소리

아파트 닫힌 유리창 문으로
펑 펑 펑 퉁겨 오는
연식정구공의 소리

하얀 공 하얀 마당 하얀 유니폼
청명 하늘 아래 눈부시다.

펑 펑 펑 바람을 몰고
저 쪽에서 이 쪽으로
이 쪽에서 저 쪽으로
납작하게 기울어져 오가는
연식정구공의 보드라운 소리

그 소리를 듣고 여기저기
하얀 목련꽃이 웃음을 터뜨리고
꼭 닫혀 있던 내 귀도
활짝 열린다.

새가 날아와

열매는 떨어진 채로
낙엽에 그대로 두어야한다,

불일암 일운 스님
입으로 물고 있는 땅콩을
곤줄박이가 날아와
잽싸게 물고 간다.

암자 뒤 너럭바위에는
새가 날아와 먹게
접시물까지 떠다놓았다.

온 세상에 눈이 내리면
새와 나무와 사람이 하나가 되어
열매를 서로 나누어 먹는다.

낙화유수

　분홍 복사꽃잎이 흐르는 물에 떠가네. 꽃잎은 떨어져
물이 흐르는 대로 흘러가고 유수는 떨어진 꽃을 싣고 정
처 없이 흘러가네. 사랑도 생도 물처럼 흘러 흘러가고
나면 사람들은 그쯤해서 굽이쳐온 물길을 뒤돌아보고
그리워하겠지. 그대가 나에게 가장 소중한 존재였음을
나이 들어 비로소 깨달았을 때, 그 때는 이미 늦었으리.
물에 떨어진 복사꽃잎처럼 덧없이 한 생이 흘러가고 이
제 떠나보낼 것은 다 떠나보내며 간절히 그리워해도 소
용없으리. 평생 고생만 시켜 미안하다고 후회하며 뉘우
쳐도 이미 늦었으리.

백련 한 송이

양수리 세미원에 하얗게 핀
백련은 사람 마음입니다.

백련 한 송이 피었습니다.
마음의 문을 열었습니다.

백련 한 송이 이울었습니다.
마음의 문을 닫았습니다.

소금쟁이 한 마리,
더 없이 깨끗한 마음을 밀고 갑니다.
한 하늘이 따라옵니다.

떠나는 백련 한 송이
연밥 하나 고개숙여놓았습니다.

매미

여름한낮 우는 매미는
어둠 속에서 지낸
10여년이 너무 길어서 울고
햇빛 속에서 지내는
10여일이 너무 짧아서 운다.

10여년의 고통을
굼벵이로 견뎌낸 끝에
10여일의 기쁨을 누려야하는
슬픔의 절정에서
매미가 운다.

여름 한낮 나무숲에서
한꺼번에 쏟아지는 그 울음소리를
곤한 잠결에 들은 농부는
갑자기 소나기가 오는 소린 줄 알고
나무그늘에서 벌떡 일어난다.

시법

쇠똥구리가 쇠똥으로 집을 짓듯
시인은 언어로 집을 짓는다.

쇠똥구리가 쇠똥에 알을 낳고
애바르지 않게 살 듯
시인은 마음에 꽃씨를 뿌리고 산다.

쇠똥구리가 뒷걸음질로
달빛을 굴리듯
시인은 손가락 끝으로
달을 굴린다.

시인은 돈이 안 되는
시를 평생 쓴다.
그래서 시는 누구나 쓸 수 있지만
누구나 시인은 되지 못한다.

야성

머슴은 종일 장작을 팼다. 내리치는 도끼날에 참나무 휘나리가 쩍쩍 쪼개졌다. 목이 타는 머슴은 우물물을 바가지로 벌컥벌컥 들이켰다. 주인은 대청마루에 누워 부채질을 하며 머슴을 보고 있었다. 윗도리를 벗어 제치고 장작을 패는 머슴의 등이 햇빛에 번쩍였다. 땀에 젖어 식식거리는 머슴은 산짐승 같았다. 사납게 내리찍는 머슴의 도끼날엔 원시의 숲에서 울부짖는 산짐승의 뜨거운 피가 묻어 있었다.

친전

애가 셋 딸린
홀아비에게 시집간 딸이
문안 편지를 보냈다.

편지 속에서 딸은
시부모와 남편사랑을 받고
잘 살고 있다고 웃으며
문안인사를 하고 있었다.

가난한 집에서 태어나
가난한 집으로 시집 간
딸의 편지를 펴든 엄마는
달빛 받은 오동 꽃처럼
가늘게 떨리고,

어느새 딸의 마음을 읽는
엄마는 혼자서 아픈 냉가슴을 안고
애끓고 있었다.

순리

낮은 데로 낮은 데로 흐르는 물은
절로 넓은 바다를 이루고,
높은 데로 높은 데로 치솟는 산은
절로 험준한 산맥을 이룬다.

지금 저 굵은 나무 우듬지에선
연초록 여린 잎이 한창 피어나
햇빛에 반짝거리고 있다.

똑같은 사람의 몸이면서도
단단한 이는 왜 맨 먼저 망가지고
부드러운 혀는 왜 맨 나중 망가지는가?

수천 년 전에 죽은 노자가 찾아와
잎 피는 이 봄날 나에게 물었다.

고요한 불빛

　수덕사 입구 죽은 팽나무를 안고 능소화가 피었다. 능소화가 법당의 고요한 불빛 같다. 수덕사 저녁예불 종소리가 울린다. 능소화가 법당 연등에서 새어나오는 고요한 불빛에 젖었다. 능소화는 한 때 가슴 떨리는 순정한 마음으로 꽃을 피웠다. 여승이 지나가다 쓸쓸한 웃음을 짓는다. 여승의 볼이 법당 연등에서 새어나오는 고요한 불빛 같다.

5부 겨울 양수리에 가서

겨울 양수리에 가서

대한추위에 맞선 강이
쩡 쩡 소리를 내며
얼어터지고 있었다.

밑바닥까지 언 두 강이
얼음 밑바닥으로
강물을 흘려보내고 있었다.

엄동설한 날아온 철새들이
날개에 부리를 파묻고
새까맣게 몰려 앉아 있었다.

앉을 자리를 잃은 철새들이
얼음판 위에 발을 오므리고
와글거리고 있었다.

일자리를 잃고 일자리를 찾아

떠도는 노숙자들처럼,
헤매는 실직자들처럼,

백지 앞에서

이 광막한 우주를
어떻게
그냥 대하리.

신이 이끌어주는
이 무한 공간 앞에서는
공손히 무릎 꿇고,
침묵하고,

정중히 절하듯
엎드려
한 점을 찍을 수밖에,
한 행의 시를 쓸 수밖에,

낙법

떨어질 때에는
그대로 땅을 치면서
동시에 팔다리가 닿게
떨어져야 해.

넘어가지 않으려고 뻣뻣하게
힘을 주면 오히려 부러져.
메어치는 힘에 실려
힘을 빼고
부드럽게 넘어가야 해.

넘어가는 힘에 실려
중심을 낮추고,
가랑잎처럼 가볍게
떨어져야 해.

황태

바다에서 마음껏 자유를 누리던 명태들이 떼로 잡혔다. 그들은 모두 눈 덮인 강원도 인제 용대리로 끌려가 덕장의 줄에 매달렸다. 살과 뼈가 눈보라 속에서 얼어붙었다 녹았다 얼어붙었다 녹았다 하였다. 혹한의 긴긴 밤 고문이 지나갔다. 막대기처럼 딱딱하게 얼었던 살이 터져 더덕처럼 부풀었다. 그들은 다시 마른 황태가 되어서 쾌로 묶여 도시로 끌려갔다, 그리고 박살나게 두드려 맞고 갈기갈기 찢겨져 마침내 사람 앞에 놓였다. 나는 찢기는 겨울 바다의 너울 앞에서 그들의 울음소리를 들었다.

죽은 개

마당가 느티나무에 매어서
컹컹 짖던 개가 죽었다.
집이 적요해졌다.

주는 대로 먹고
길들여진 불쌍한 생,
줄 하나만 매달렸다.

삼복 보양하겠다고
엘레지까지 먹고
히히거리는 사람들이
느티나무에 둘러앉았다.

비린내가 물씬 끼쳤다.

그 냄새를 알고
느티나무그늘로 모여든 개미들이
장의행렬을 이루었다.

퍼덕거리는 가물치

잠실 새마을 시장 입구 길바닥에서
백도라지와 가물치를 파는
아줌마는 세상살이 어렵고 힘들어도
연방 노래를 흥얼거렸다.

등에 업힌 어린 것이 울고
아무리 보채어도 거들떠보지도 않고
백도라지 노래를 흥얼거리다가는
추임새까지 넣어 가물치 사라고 외쳤다.

도오라지이 도오라지이 배액도오라지
심임심사안천에 배액도오라지
앗싸, 퍼덕거리는 가물치 사세요.
진짜 몸 좋아져요. 가물치,
앗싸, 퍼덕거리는 가물치 사세요.
진짜 힘 좋아져요. 가물치,

백도라지와 가물치가 섞여
와글거리고 돌아가는 시장 길바닥에
큰 고무다라 하나 놓고
앗싸, 힘주어 노래하는 아줌마 목소리는
가물치처럼 살아서 퍼덕거렸다.

구룡폭포

금강산계곡으로 올라갈수록
물은 옥빛으로 짙어지고
산은 물소리로 요란해졌다

상팔담 휘돌아 내려오는 물은
영험한 산세를 껴안고
용틀임하듯 굽이쳤다.

비로봉 만물상 진달래로 덮이고
꽃빛 산빛 휘감은 물소리가
온 산 천지를 적셨다.

넋을 잃고 구룡폭포 앞에 서니
포효하는 장엄한 물소리
우르르 쾅쾅 내 가슴을 쳤다.

금강송 숲에 들어가

이 소낙비 그치고
송림 울창한 소백산자락까지
솔바람 불어오면
춘양 금강송 숲에서 일어난
산소 같은 솔향기
시오리 산을 타고
넘어오리.

나는 잠시 세속을 잊고
솔가지로 빠져 다니는
작은 솔새 박새 동고비와 함께
노래하는 금강송 숲에 들어가
이 솔향기에 젖으리.
이 솔바람에 젖으리.

반구정 앙지대

반구정 추녀 끝에
눈물자국 같은
희미한 달무리가 걸렸다.
청빈의 자취이다.

벼슬 떠난 황희가
낮추어 낮추어 살려고
평지에 지어놓은 정자,

이제는 더 이상
하늘을 우러르지 못해
홀로 멈춰 서 있는
반구정 앙지대,
희미한 달무리가 걸렸다.

실잠자리 날다

실 한 오라기 날아가네.
버러지를 물고 날아도
잘 보이지 않고
꽁무니를 물에 적셔도
무겁지 않네.

너무 가느다래
부들방망이에 붙어 있어도
날아가는 듯 하네.
얇고 투명한 날개
하늘까지 비치네.

간결한 시 한 줄 같네.
하도 가벼워서
가지고 싶은 아무것도
바랄 것도 없네.
날아가다가 쉬는 그 곳이
내 꿈자리이네.

승부역에 내리면

눈꽃열차를 타고
봉화 석포 승부역에 내리면
빨간 우체통이 하나
사람을 기다리고 있다.

앞 뒷산이 다 하얀 눈에 둘러싸인
첩첩산골의 플랫폼에 내리면
적막강산 사람이 그리운 듯
온몸이 오싹하게 한기가 든다.

인적 끊긴 오지에 내려
눈사람처럼 서 있으면
눈에 묻힌 외로운 산이 나를 에워싸고
눈바람소리를 낸다.
눈발자국소리를 낸다.

아지랑이 속에서

진달래꽃을 따먹던
어린 시절 허기는
먼 산천에 피어오르는
아지랑이처럼 찾아왔다.

봄 산나물 돋은 날,
주먹밥만한 다래끼 차고
냉이 꽃다지 뜯을 때
아지랑이 속에서 숯불처럼
타오르던 진달래꽃

나는 그 붉은 꽃을
허기를 채우기 위해
입술이 새파랗게 되도록
따먹고 또 따먹었다.

감자꽃

오뉴월 땡볕 감자밭에
어수룩한 우리 어머니 웃음 같은
감자꽃이 피었다.

감자꽃 속에는
공부하다 잠든 아들의 방에
몰래 문 열고 들어가
이불을 덮어주고 나가는
우리 어머니 웃음이 숨었다.

감자를 캐하면서도
공부하는 아들 생각하고
돈을 아껴 모은 우리 어머니
오십 원짜리 동전 같은
자줏빛 감자꽃,

웃음 속 눈물이 스몄다.

따뜻한 꽃처럼

우수 경칩 지나고
온천지에 피어나는
환한 꽃처럼

모든 죽어있는 것들이
다시 새 희망으로
살아날 수 있다면

헐벗은 사람들도
보잘것없는 벌레들도
모두 따뜻한 볕 받고
힘 얻어 일어서리.

모든 죽어 있는 것들이
따뜻한 꽃처럼
환하게 피어날 수 있다면

여뀌군락

냇가는 여뀌천지였다.
물을 따라 씨앗이 퍼진
여뀌가 피침 잎을 내밀고
떼 지어 자라고 있었다.

소나기 퍼붓고 지나가자
마디마디 가지를 뻗고
빽빽이 솟아난 여뀌가
무지개 선 맑은 하늘을
일시에 우러르고 있었다.

변방 달동네 사람들처럼
물이 잦아진 냇가 습지에서
여뀌가 떼 지어 뿌리를 박고
분홍 꽃을 피우고 있었다.

헌신

돌에 붙은 풍란이
꽃대를 뻗쳐 올렸다.
꽃대에 힘을 주기 위하여
풍란 잎 하나가 떨어졌다.

솟아오른 꽃대가
향기로운 꽃을 피웠다.
꽃에 빛깔을 주기 위하여
풍란 잎 하나가 또 떨어졌다.

지고지순한 사랑이여,
한 생명탄생을 위하여
한 생명이 헌신하는
숭고한 정신이여,

존재의 근원과 원형에 대한 사유
— 권달웅의 시

유성호
(문학평론가, 한양대 교수)

1.

권달웅 시인은, 1975년 박목월 선생의 추천으로《心象》신인 작품상에 당선되어 등단한 이래, 30년이 넘는 시간을 일관되게 서정시의 외딴 길을 걸어왔다. 그 점에서 그는 한국 현대시사의 세 갈래 곧 서정, 참여, 실험의 흐름 가운데 전형적인 '서정'의 적자嫡子라고 할 수 있다. 아닌 게 아니라 그는 사물의 풍경과 내면의 정황을 유추적으로 토로하는 서정시의 균질적인 보법步法을 지속적으로 보여주었다. 그만큼 그는 사회 역사적 구체성이나 강

렬한 실험 의지보다는, 근원적이고 원형적인 삶의 보편성을 일관되게 추구해온 시인이라고 할 수 있을 것이다.

존재의 근원과 원형에 대한 사유로 집약할 수 있는 권달웅의 시세계는, 오랜 '기억' 과 '사랑' 의 에너지를 통해 다양하고도 심원한 형상을 얻어왔다. 우리가 잘 알듯이, '기억' 과 '사랑' 은 서정시 창작의 제일의적 수원水源이 아닐 수 없다. 대개의 시인들이 자신들의 경험적 구체성을 '기억' 하면서, 그 '기억' 을 타자에게로 아득하게 번지게 하는 '사랑' 의 에너지를 견지하고 있을 것이기 때문이다. 아니 좀 더 확장하면, '기억' 과 '사랑' 은 인간의 존재 형식을 그대로 담고 있는 정신 운동이라고 해도 지나치지 않을 것이다.

또한 모든 '기억' 과 '사랑' 은, 대상에 대한 사실적 재현의 결과가 아니라 시인의 욕망에 의해 재구성되는 것이라는 점에서, 시인이 가지고 있는 시적 욕망과 닮아 있게 마련이다. 권달웅 시편은 이러한 욕망, 곧 지난 시간들을 호명하면서 '기억' 과 '사랑' 의 힘을 통해 존재의 근원을 탐색하면서 잃어버린 세계를 상상적으로 탈환하려는 의지와 깊이 연관된다. 그래서 우리가 권달웅 시편을 읽는 것은, 그러한 '기억' 과 '사랑' 의 진정성을 경험하는 일일 뿐더러, 인간의 근원적 존재 형식에 대한 탐구 작업에 참여하는 일이 되는 것이다. 이번 시집도 그러한 탐구 의지의 첨예한 결실이라 할 것이다.

2.

권달웅 시편의 가장 중요한 무게중심은, 앞에서도 강조하였듯이, 존재의 근원에 대한 깊은 성찰에 놓여진다. 그래서 그의 시편들은, 현실에서는 불가능한 존재 전환을 꿈꾸는 상상적 실체로 우리에게 다가온다. 그렇다고 그의 언어가 비현실적인 몽상으로 이루어져 있는 것은 결코 아니다. 오히려 그의 언어는, 합리적이고 일상적인 현실을 벗어나 전혀 다른 상상적 거처를 만들어내면서도, 궁극적으로는 지상에 발을 딛고 살아가는 이들의 존재 형식을 증언하는 쪽으로 한결같이 귀환하는 특성을 보여준다. 가령 다음 시편을 읽어보자.

휴대폰이 터지지 않는
청량산 밑 가송리 농암 고택,
산골 깊은 밤이었다.

강물이 뒤척이는
긍구당 앞 절벽 숲에서

세 마리 새가 울었다.
두 마리는 소쩍새와 쏙독새였는데
길게 우는 한 마리 새는
아무리 귀를 기울여도
알 수 없었다.

외따로운 새일까?
적막강산을 울리며
숨어 우는 밤새 소리가
휘이익 휘이익 휘이익
캄캄한 밤하늘에 하얗게 획을 긋는
별똥별처럼 지나갔다.

아무 것에도 홀리지 않고
오로지 한 올 새소리에만 홀리는
청정 산골의 밤,
솔방울만한 별이 밤새도록
내 가슴에 쏟아졌다.

― 「미혹」 전문

작품 제목 '미혹迷惑' 은, 무엇인가에 홀려 정신을 차리지 못한다는 뜻을 함축하고 있지만, 여기서는 문명의 틈입이 허락되지 않는 곳에서 느끼는 '매혹魅惑'의 한 풍경으로 그 뜻이 전화되고 있다. 깊은 밤 화자는 세 마리 새의 울음소리를 듣고 있다. 그 가운데 '소쩍새'와 '쏙독새'의 울음소리는 알아챌 수 있었지만, 나머지 "길게 우는 한 마리 새"의 정체를 알아내지는 못한다. 그 새는 외따롭게 적막강산을 울리며 숨어서 울기 때문이고, 게다가 "캄캄한 밤하늘에 하얗게 획을 긋는/별똥별처럼" 사라져버리기 때문이다. 하지만 화자는 "아무 것에도 홀리지 않고/오로지 한 올 새소리에만 홀리는" 매혹의 밤을 다시 한 번 만끽하면서, 그 새의 울음소리를 통해 "청정 산골의 밤"을 새삼 경험하고 발견한다. 그래서 이 시편은, '미혹'과 '매혹'이 결국 신성한 존재자들과의 교섭 과정에서 한 몸이 되는 과정을 아름답게 보여준다. 권달웅 시편이 존재자들의 존재 형식을 증언하는 쪽으로 한결같이 귀환한다는 것은 이러한 속성을 두고 하는 말이다. 이렇게 밤에 쏟아지는 근원적인 소리를 듣고 있는 시인의 품은 아름답다.

　　달빛 아래 어렴풋이 잠들었습니다.

잠결에 오동잎 지는 소리가 났습니다.

머즘한 그 소리 애달팠습니다.

휘황한 불빛에 숨겨진 은은한 달빛을 누가 알까요.

소란하던 내 마음이 고요해졌습니다.

고요 속에서 귀뚜라미들이 울고 있었습니다.

달빛에 젖은 그 소리 애잔했습니다.

달빛은 어느 누구에게 은은한 그리움이 될까요.

오동나무 아래 새똥이 하얗게 떨어져 있었습니다.

밤새 울다 간 그 자리 휘휘했습니다.

귀뚜라미들이 만평 달빛을 쏟아놓았습니다

― 「달빛 아래 잠들다」 전문

역시 화자가 달밤에 보고 듣는 것은 온전하게 자신의 육체 속에 신성한 것을 품고 있는 존재자들이다. 달빛 아래 어렴풋이 잠든 채 화자가 듣고 있는 것은 오동잎이 지는 "머츰한 그 소리"이다. 그 머츰한 소리를 듣고 있는 화자의 목소리는 "휘황한 불빛에 숨겨진 은은한 달빛"을 배경으로 고요 속에서 울려 퍼진다. 마치 고요만이 소리를 듣게라도 한다는 듯이 말이다. 그야말로 지극한 고요 속에서 우는 귀뚜라미들의 애잔한 소리를 듣고 있는 화자는, "은은한 그리움"으로 남은 달빛과 새들이 밤새 울다 간 흔적을 살피고 있다. 그 순간 귀뚜라미들이 쏟아놓은 "만평 달빛"을 아름답게 발견하는 것이다. 이 심미적 발견의 배후에는, 말할 것도 없이, 존재의 가장 근원적인 소리를 들으려는 시인의 미학적 욕망이 가로놓여 있다.

　　일찍이 하이데거는 우리에게 말을 걸어오는 존재의 '소리Stimme'에 응답하는 것이 시인의 임무라고 생각했는데, 이 시편에서 화자가 듣고 있는 온갖 소리들 역시, 어떤 신성하고 근원적인 존재가 말을 걸어오는 것을 받아 적는 풍경과 흡사하다. 이들에 대한 시인의 일관되고 깊은 시선이야말로, 존재자들에 대한 가장 따뜻한 긍정을 보여주면서, "꽉 닫혀 있던 내 귀도/활짝 열린다."('봄 소리')는 경험을 전해준다. 시인 스스로도 "나는 찢기는 겨

울 바다의 너울 앞에서 그들의 울음소리를 들었다."('황
태')고 고백하고 있지 않은가. 그렇게 권달웅 시편은 사
물들의 근원적 존재 형식을 '소리'의 예민한 포착을 통해
형상화하고 있다 할 것이다.

3.

그런가 하면 권달웅 시인이 자신의 감각을 열고 담아
내는 것은 사물들의 다양하고도 경험적인 구체적인 '풍
경'이다. 서정시가 가지는 본래적 권역은, 말할 것도 없
이, 시인 스스로의 절실하고도 남다른 자기 확인의 욕망
에 있다. 물론 시인과 사물 사이의 날카로운 균열이나 갈
등 양상을 포착하고 드러내는 '반(反)동일성'의 미학까
지 포괄하는 것이 근대적 서정의 원리이기는 하지만, 그
럼에도 불구하고 아직도 서정의 근원적 자기 회귀성은 그
비중이 줄어들지 않고 있다. 권달웅 시학의 지표 역시 이
러한 자기 회귀성에 있다. 가장 비근한 경험을 통해 자신
의 뿌리까지 상상하고 있는 다음 시편은, 그러한 자기 회
귀적 서정의 속성을 잘 드러내 보여준다.

　　닭울음소리 들려오는 가을 시골길에서였다. 차가 관창
　　을 떠나 폐교된 봉양분교 앞을 지날 무렵 신주머니를 든

초등학생이 버스를 기다리고 있었다. 2학년쯤 되었을까?
아내가 차를 멈추고 아이를 태웠다.

　(어디까지 가니? 장그래미 가요.)

　감자상자를 뒷자리에 실어 운전석 옆자리에 앉은 내가
아이를 안았다. 아이는 장그래미에 이를 때까지 불안한지
나를 자꾸 힐끔힐끔 쳐다보았다. 산 밑 외딴 폐가 한 채가
다가왔다. 차창으로 허리가 휘어져 모걸음질하는 노인이
지나갔다. 어디서 농약냄새가 확 날아들었다. 병들어 버
짐처럼 허옇게 마른 고추밭이 지나갔다.

　(애야, 걱정하지 마.)

　콩닥콩닥 뛰는 아이의 심장이 아이를 안고 있는 나의
가슴으로 전해왔다. 아이의 껌벅이는 눈동자 속으로 코스
모스가 줄지어 지나갔다.

　땅, 땅, 땅, 화약총 터지는 초등학교 가을 운동회 100미
터 달리기 출발선상에 내가 서 있었다. 마침내 차가 장그
래미에 이르렀다.

　(고맙습니다. 그래 잘 가.)

　아이를 내려놓은 차 안은 아이의 비릿한 땀냄새로 후
끈했다.

—「장그래미 아이」 전문

이 시편 안에는 화자의 어린 시절과 현재형의 내러티브가 동시에 숨겨져 있다. '닭울음소리'를 듣고 있던 화자는 가을의 시골길을 차로 달리다가 폐교 앞에서 "신주머니를 든 초등학생"을 발견한다. 이내 화자의 아내가 소년을 차에 태우자, 소년은 자기는 '장그래미'에 간다고 말한다. 차츰 불안해하는 소년을 안고 화자는 "산 밑 외딴 폐가 한 채"를 지나 "차창으로 허리가 휘어져 모걸음질하는 노인"을 바라보는데, 이 '폐가'와 '노인' 이야말로 "병들어 허연 고추밭"과 함께 소멸해가는 생명력을 환유한다. 그 점에서 그들은 막 생명력을 길러가고 있는 '소년'과 대비된다.

　"콩닥콩닥 뛰는 아이의 심장"이 화자의 마음에 전해지는 그 가을에, 화자의 기억은 "땅, 땅, 땅, 화약총 터지는 초등학교 가을 운동회 100미터 달리기 출발선상에" 서 있는 자신으로 가 닿는다. 자신과 소년은 어느새 오래 세월을 통합하면서 한 몸으로 전화한다. 자동차가 장그래미에 다다르자 아이를 내려놓은 화자는 차 안에서 "아이의 비릿한 땀냄새"를 느끼는데, 그 비릿함은 생명력 가득한 원초적 느낌이기도 할 것이다. 이러한 시인의 섬세하고도 심미적인 '기억'은 그의 가족사를 향함으로써, 더욱 자신의 근원을 상상하는 쪽으로 기울어지게 된다.

휘어진 산등성이에
희미한 낮달이 걸렸다.

아버지의 지게에
다 닳은 낫이 꽂혔다.

낮달도 닳은 낫도
등이 휘어졌다

푸른 산등성이도 아버지도
등이 휘어졌다.

낮달은 창백하고
아버지는 외롭다.

산등성이는 쓸쓸하고
지게는 애처롭다

모두 등이 휘어지도록
무거운 짐을 졌다.

　　　　　　　　　 ―「아버지의 지게」 선문

휘어진 산등성이에 걸린 "희미한 낮달"은 아버지의 지게에 걸린 "다 닳은 낫"과 함께 등이 휘어진 아버지의 노경(老境)을 형상적으로 암시한다. 어느새 "푸른 산등성이도 아버지도" 등이 휘어진 것이다. 그래서 창백한 '낮달'과 '산등성이'와 '지게'와 '아버지'는 모두 창백하고 외롭고 쓸쓸하고 애처롭다. 모두 등이 휘어지도록 무거운 짐을 졌기 때문이다. 이 모두가 화자로 하여금 연민과 경의를 동시에 느끼게끔 하는 대상인 것이다.

자신의 지난날을 "나는 낙동강 상류에서 태어났다. 두메산골에서 순박하게 자란 나는 서울로 가 대학을 마치고 도시 사람이 되어 약삭빠르게 세상을 살다가 어느덧 흐려진 물이 되고 말았다."('흐려진 물')고 자조적으로 고백하고 있는 권달웅 시인은 어느새, "진달래꽃을 따먹던/어린 시절 허기"('아지랑이 속에서')와 함께, "농사보다 글을 앞세운/고지식한 할아버지"('벼루')와 "튀어나간 콩 한 알이 아까워서 줍고/평생 밭만 매다가 꼬부라진 어머니"('호미')에 대한 기억을 이어간다. 그 '어머니'는 "어머니 정성처럼/무에서 은은히 우러나온/동치미 국물 맛"('동치미')이나 "어머니가 남기신 사랑의 불씨는 지금도 살아서 아들의 아들의 아들 핏줄 속에 녹아 흐르고"('불씨')에서 보듯이, 고맙고도 아픈 기억으로 시인의 마음을 지금도 울리고 있다. 그래서 그가 노래한 아버지, 할아버지, 어머니, 고향에 대한 기억들은 그의 육체적, 정신적 원형이 숨쉬고 있는 근원을 뜻하게 되고, 시인은 그 기억을 통해 타자들에 대한 사랑의 힘을 길어 올리게 되는 것이다.

4.

우리가 시를 쓰고 읽는 것은, 우주적 원리나 역사적 흐름에 참여하는 일이기도 하겠지만, 그보다는 자신의 경험과 기억에 새로운 탄력과 윤기를 부여하는 신생의 작업이 되는 경우가 많다. 물론 이러한 신생의 감각은, 일정한 지속성을 가지고 삶을 규율하기보다는, 우리의 삶이 가지는 관성에 일종의 인지적 · 정서적 충격을 순간적으로 가함으로써 일정한 반성적 시선을 마련해준다는 데 그 주된 의미가 있을 것이다. 이것이 서정시의 보편적이고 절실한 존재 의의일 터인데, 권달웅 시편의 세목들은 이러한 충격에 충실하게 바쳐진다. 그 결과 어떤 정신적 고처高處를 상징하는 지경이 펼쳐지기도 하는데, 그것이 바로 '사랑'의 힘이 가지는 보편적인 가치와 연관되는 것이다.

대한 추위에 맞선 강이

쩡 쩡 소리를 내며
얼어터지고 있었다.

밑바닥까지 언 두 강이
얼음 밑바닥으로
강물을 흘려보내고 있었다.

엄동설한 날아온 철새들이
날개에 부리를 파묻고
새까맣게 몰려 앉아 있었다.

앉을 자리를 잃은 철새들이
얼음판 위에 발을 오므리고
와글거리고 있었다.

일자리를 잃고 일자리를 찾아
떠도는 노숙자들처럼,
헤매는 실직자들처럼,

—「겨울 양수리에 가서」 전문

겨울 양수리에서 화자는 추위에 맞서면서도 "강이/쩡

쩡 소리를 내며/얼어터지고" 있는 풍경을 바라보고 있다. "밑바닥까지 언 두 강"이 얼음 밑바닥으로 강물을 흘려보내면서, 그 위에는 철새들이 날개에 부리를 파묻고 몰려앉아 있다. 그런데 순간 화자는 앉을 자리를 잃은 철새들이 얼음판 위에 발을 오므리고 와글거리고 있는 풍경을 발견한다. 그때 "일자리를 잃고 일자리를 찾아/떠도는 노숙자들" 혹은 "실직자들"을 연상하고 있는 화자는, 내면 토로에 집중하던 자신의 시편을 어느새 사회적 타자들로 확장하는 순간을 보여준다. 권달웅 시편이 연민을 주조로 하는 '사랑'의 에너지에서 발원하는 순간이 아닐 수 없다.

이 순간이야말로 권달웅 시학이 가 닿은 어떤 경지 곧 "온 세상에 눈이 내리면/새와 나무와 사람이 하나가 되어/열매를 서로 나누어 먹는다."('새가 날아와')는 아름다운 화목和睦의 경지나, "낮은 데로 낮은 데로 흐르는 물은/절로 넓은 바다를 이루고,/높은 데로 높은 데로 치솟는 산은/절로 험준한 산맥을 이룬다."('순리')는 순리順理의 영역을 보여주는 순간일 것이다. 그래서 그는 "헐벗은 사람들도/보잘것없는 벌레들도/모두 따뜻한 볕 받고/힘 얻어 일어서리."('따뜻한 꽃처럼')라고 따뜻하게 노래하는 것이다.

돌에 붙은 풍란이
꽃대를 뻗쳐 올렸다.
꽃대에 힘을 주기 위하여
풍란 잎 하나가 떨어졌다.

솟아오른 꽃대가
향기로운 꽃을 피웠다.
꽃에 빛깔을 주기 위하여
풍란 잎 하나가 또 떨어졌다.

지고지순한 사랑이여,
한 생명 탄생을 위하여
한 생명이 헌신하는
숭고한 정신이여,

―「헌신」전문

　　이번 시집이 우리에게 보여주는 이러한 '기억'과 '사
랑'의 시학은 모든 사물을 "간결한 시 한 줄"(「실잠자리
날다」)로 바라보는 그의 시선이 거둔 아름다운 결실이다.
어느새 시인은 "돌에 붙은 풍란"을 바라보면서 '꽃'에

'잎'이 헌신하는 모습을 간취한다. "꽃대에 힘을 주기 위하여" 그리고 "꽃에 빛깔을 주기 위하여" 잎이 떨어지는 것이다. 이러한 '사랑'의 마음이야말로 "한 생명 탄생을 위하여/한 생명이 헌신하는/숭고한 정신"이 아니겠는가. 이러한 헌신의 마음이 확장되면 "쇠똥구리가 쇠똥으로 집을 짓듯/시인은 언어로 집을 짓는다."(「시법」)는 발견으로 이어지게 되는 것이다.

이처럼 권달웅 시인은 이번 시집을 통해 사물들에 대한 '기억'과 '사랑'의 힘을 넓혀가면서, 존재의 근원과 원형에 대한 깊은 사유를 하고 있다. 그의 시는 사물들에 대한 따뜻한 시선과 그 본질을 탐색하려는 청정한 정신이 투영되어 있어 더욱 정갈하고 아름답다.